구정물은 사랑의 흔적

박예주 시집

『구정물은 사랑의 흔적』

1부-
슬픔의 위트

2부-
우리가 실눈 뜨고 발을 맞추긴 어려워서

3부-
사랑하지 못해서 뱉어낸 한숨은 인공호흡이 되었고

4부-
드문 날짜

5부–
날개 아래로 피하기

누군가의 더러운 미약함을
내 안에서 터뜨리면
그때부터 사랑의 부유물이 생긴다

그 부유물을 방출시켜
더 많은 물속이 탁해지도록

그것만큼 살아있다는 흔적은 없을 테니까

박예주

1부

슬픔의 위트

공갈빵

영문도 모르는 부재로
너를 또 인식하게 되는 날이었지

너는 증명을 바라는 거야
증명을 소각시키고 싶은 거야

그날 내 심장은 가장 큰 공갈빵처럼 부풀어 올랐어

툭 하고 깨면
어떠한 내용물도 없이
슬픔만 잔해가 되는 게
부재니까

툭 하고 깨면
어떠한 음성도 없이
얼굴만 남는 게
부재니까

우리 참 실하게 웃고 떠들었다

다음 약속이 있는 것처럼 말이야

해파리 도미노

두둑이 울고 오세요

눈물도 응고시켜야 발 디딜 틈이 생기는
이곳을 나는 수없이 포기하고 싶었어요

척추 있는 해파리로 사는 건 익숙해지나요

우리의 척추로 생긴 맥락 없는 자유는 만족스러운가요

독성 없는 사랑은 자신 안에 있으면서도
우리는 서로의 기능을 마비시켜요

사   람   은   텅   빈   척   추

가질 수 있는 척추 하나 없이 유영하는 우리는
서로에게 쓰러져야 촉수가 생깁니다

사랑할 자격

넌 사랑받을 자격 말고
사랑할 자격이 있다고 생각해?

난 이 질문이 아직도 식도에 걸려
내려가지 않아

꼭 그때가 생각나서

너를 좋아하게 된 마음을 다 뱉고
잇몸이 가라앉았던 것 말이야

체기 있는 상태로 너의 슬픔을
나눠 먹다가 호흡곤란이 왔던 것 말이야

여력 없이 사랑에 탐닉되어
손금이 다 지워진 사람은
사랑할 자격이 있는 거야 없는 거야

이 자격에는 과부하가 나은 거야 미달이 나은 거야

흰색 말티즈 7살 이름 설탕이

너는 7살이 다 되도록
앉아. 밖에 할 줄 모르고

7살이 다 되도록
내 옆에 있는 방법밖엔 모른다

모르는 게 더 많은 이 작은 덩치야

너보다 아는 게 많다고 하는 나는
네가 할 줄 아는 그 몇 가지 덕분에
쓰다듬은 기쁨이 너무 많아

종종 이 사랑이 과분해

등을 맞대고 자는 낮잠
함께 산책한 그늘
보사노바 음악
내 커피 옆에 너의 멍푸치노
매일 감흥 있는 귀가 인사
서로를 부르는 억양과 쌓인 별칭들

너랑 보내는 시간은 기체교환

그렇게 언제 생긴지 모르는
나의 작은 허파

블루베리

너는 얼마나 많은 걸 사랑했길래
모든 조직에 멍이 든 거야

이런 속 사정을 알아달라고 하는 것처럼

단맛으로 슬픔을 착색시키는 너는

딥 허그

왜 시는 구어체보다 슬프다는 말을 더 잘하는 걸까

왜 시에 빠진 단어들은
기능보다 더 많은 기능을 하는 걸까

그래서 나는 엉켜있던 내 양팔을 시에 빠뜨려봤어
죽은 기능도 다시 살아날 것 같아서

'포옹은 결점이 분실되는 기분이잖아'

그러니까 달콤 쌉쌀한 코코아 안에서
마시멜로의 몸집이 점점 작아지는 것처럼

내가 괴로워했던 사람도 여기에서 안으면
몸집이 가장 작아질 거야

파르페

그 색깔에 현혹돼
사랑의 일종이라는 최면을 걸었어

환상이었을까
안전지대가 보였지

마음껏 섞여도 되겠다는
맹목적인 믿음은 달았고
당도만큼 나는 함몰된 거야

재료가 되고 나서 이름을 알았다

너로 원했던 파 르 페

내가 무너진 파 르 프
　　　　　　　　　　　　ㅔ

과일은 속임수

늘 반복적으로 듣는 말이 있어

왜 이렇게 밝아

잘 웃으니까 좋다

별다른 상심이 없어 보여

참 해맑다

너는 웃음이 왜 이렇게 헤퍼

그러게

내 우울은 물기 없이 참 퍼석하고 헤퍼

오늘도 윤기만 있는 껍질에 잘도 속았구나

homeless

갑자기 도피하고 싶다 하면
무슨 이유를 떠올릴 것 같아

꿈속에서 나온 거주지를 동경해서일까

악보를 몰라도 피아노를 치면 행복해서일까

차라리 이방인이 되고 싶은 걸까

모든 사람의 표정 변화 지점이 같아서일까

날개를 박리시키고야 마는 광인들이 태어나서일까

의뢰한 적 없는 머리들을 굴려서일까

처음 먹어본 음식마다 알레르기가 생겨서일까

기척이 있는 건 대부분 악몽이어서일까

이제 도시에서 잠들지 말자
입이 돌아갈 거야

해동된 집은 없으니까

성분

단 음식은 대부분 유통기한이 짧은 이유에 대해
누구도 궁금해하지 않고 집에 들인다

시럽이 코팅된 도넛은 더위를 많이 타는 건지
외투를 벗고 첫인상을 버리는 일에 급급하다

냉장고에 들어가면 퍽퍽해질 텐데

어떻게 하면 실온에서 오래 보존될 수 있을까

우리 사이가 벌어질 때마다 초파리가 꼬였다

심연의 뚜껑

어느 정도의 순발력이 좋을까

어느 정도의 민첩함이 좋을까

여기에 숨어서
뚜껑을 잘 닫으면
보호받을 거라는 최면을 걸고

평지의 불안보다
더 큰 불안을 집어먹는다

평지의 포만감은 나를 윤택하게 한다는 소문과
여기서의 포만감은 나를 앙상하게 만드는 현실

뚜껑을 열고 나가야만
살이 붙을 수 있다는데

뚜껑을 열 수 없는 건
나의 인력이 부족하다는 모순

짝사랑 메타인지

너를 향한 편지에는 자꾸만 글씨가 작아진다

얼마나 빽빽한 마음이면

이토록 많은 글자가 양보하지 않을까

더 이상 종이가 낭비되지 않게

어서 나를

구

겨

줘

커피가 가장 맛있을 때

식은 커피를 마시며
너를 기다렸던 시간은 흥미로운 발견이었다

따뜻한 거품은 다 사그라들고
아무런 온도도 느껴지지 않는 커피지만
영영 도착하지 않을 것 같은 네가 비스듬히 보이는
순간

커피의 맛은 절정에 다다른다

error
(첫사랑은 처음 겪은 뇌와 미뢰의 소통 오류)

이 사실을 알게 된 이후로
짝사랑해 본 적 있다는 말 대신

3시간이 지난 식은 커피가
가장 맛있다는 힌트를 건넨다

과소비 금지

내 불안은 가장 질근거리는 슬라임이야

팔 저리게 늘어나는 이것 때문에
보호 기능을 과소비해

적정량을 알고 싶어

- 나는
저울이 필요해

누우면 잠들고 싶어

- 나는
느슨한 옷이 필요해

어제 샤워하려고 옷을 다 벗었는데
몸에 단추가 달려 있었어

껌딱지

맨발에 붙은 껌의 점성은
내가 사랑한 몫만큼

껌칼을 가져오며 짓는 헛웃음

보면 안 돼

내가 등 돌리고 있을 땐 못 본 척해주라

이것마저 들키면 나는 껌 속에 갇히게 되거든

분리되는 것마저
너의 재량이라는 게

다른 꿈을 꾸기로 한 밤이
번복되는 게

나를 부풀게 해서

넋이 나간 껌을 흔들어 깨웠다

핑크 드라이브

색깔의 하늘이 아닌 하늘의 색깔

동시다발적인 시선은 어떨까

하늘은 오늘 핑크색이다

이벤트가 있나 봐

해석하고 선포하면 하늘이 내 것인가

무언의 주인은 없다

자연의 인트로

구름은 잡아본 이의 것

이름의 뜻은 하나였다

묘기

비가 필요한 날이다

제멋대로 주름진 단념은
마음껏 그리워한 사람의 몫이면서
필요하면 떨어져 줄 거야?

미련하게 우산을 펼쳤다 접었다

지금 네가 눈에 보이면
심장의 크기가 달라질 것 같은데
나타날 모든 이변도 나의 몫이면서

네 손가락을 쥐었다 펼쳤다

너를 너무 많이 접어본 탓이지
접은 자국은 계단이 되어
오늘도 너를 잇는 매개

빗줄기가 떨어져

심장이 아코디언을 부는 것처럼

시집에 실린 총체적 경제 기사

주문한 적 없는 신기루

배우지 않은 침묵

사랑의 오보 189382833건

선택적 강자

그에 맞서는 선택적 약자

인공지능 계단

가벽이 98.2%

털리는 사람들

가짜 용기

단풍이 피어난 겨울

수요와 공급은 얼굴을 몰라서 좌절했다

생일파티

사람들이 입장해요
갈변한 미소를 짓는 사람들이 축하를 건네요
모색하는 눈알들이 박자를 맞춰요

태어나서 맺은 관계는
태어나지 못한 관계가 더 많아서
초대장은 없어요

그렇게 생일파티는 열렸고
나는 태어날 결심을 합니다

2부

우리가 실눈 뜨고
발을 맞추긴 어려워서

유리 씨앗

맛없는 도심 속
나무를 심기가 어려워
유리를 심어놓았어

우리가 입술을 닿는 날엔
유리에 자국이 남았는데
문질러보면 너의 지문이 내 지문이 되었고

우린 손이 베이지 않고도
사랑의 민낯을 보았지

있잖아

유리가 깨질 거라고 겁먹지 마

파편이 박혀서 아프다면

그건 사람이 깨졌기 때문일 거야

내가 할 수 있는 여름

여름에도 폭신한 이불을 덮고 자는 나는 여전해
딱 이불만큼만 네가 부풀어 오르면 좋겠는데

너의 부피를 몰라서 무서운 여름이야

아직도 너는 땀이 많아 여름이 싫을까
물어보지 못해 여름을 의문 삼고 있어

뭐가 그렇게 아쉽길래 몸부림치는 게 많은 건지

왜 폭염인 건지

왜 슬픈 건지

더 많은 의문이 생기기 전에
가장 응집했던 우리의 형체를 녹여버리자

흘러내린 아이스크림의 처음 형체를 모르는 것처럼

점

어느 날 생긴 점을 아무도 설명할 수 없었다
많은 시간 너를 내리쬐던 탓에 생긴 점이니까

나만 설명할 수 있는 몸의 반응 같은 거

너로 함몰되어 생긴 구덩이 같은 거

그렇게 심장에도 점이 생길 수 있나 보다

친구라는 응답

통화한 기억만으로도
몇 달을 버티게 하는 친구가 있어
이건 명백하게 복이지

만나서 같이 있었던 몇 시간도
얼마나 흐놓게 하는지
오늘도 전화할게

알잖아
너의 순전한 웃음을 내 귀의 연골 삼아
나쁜 말로부터 귀가 변형되지 않고 있다는 걸

알잖아
서로의 고립된 슬픔을 수화기 너머로 탈출시킨다는 걸

아마 너에게는
가장 오래 걸리는 대답도 할 수 있을 것 같아

무명

작명이 어려운 건 사랑이라고 했다
보조되는 마음이란 건 애초부터 없었으니까

필사적으로 발현돼
이름 지을 틈이 없는 거겠지

엄마의 무명을 목격했을 때 알았어
길잡이는 애통하게 기쁜 거라고

우린 없는 이름들을 어떻게 두면 될까
상심이 커

정해진 획이 없는 이름이라 어디까지 부르면 될까
입술이 저려

이래도 끝내 사랑이라면
다소 이름은 없어져도 영광은 넘치도록

수족냉증

통통 불어 터지게 울었던 날
뭐라도 찬 게 필요할 때쯤
너는 립밤을 빌려줬었다

립밤의 온도는 차가웠고
부종이 가라앉는 기분 탓인지
숨통이 트이기 시작했다

너는 울어서 뜨거워진 내 이마에
차가운 손을 대보며 멋쩍게 말했다

'수족냉증'

이 단어를 내뱉고
우리는 기가 차다는 듯
서로의 윤곽으로 웃기 시작했고

너는 모든 불운에도 위트는 있다며
립밤보다 몇 배로 큰 안도감을 쥐어줬다

그때 직감한 걸까

내 더운 날은 다 네 것이 될 거고
네 추운 날은 다 내 것이 될 것을

우리는 그렇게 서로의 결핍을
종식시킬 거라고

플레이트

먼저 상대를 분쇄했던 말을 올려놓으세요

솔직하다는 걸 명분 삼아 쉬웠던 말을 올려놓으세요

조언을 올려놓으세요

취기를 올려놓으세요

자, 플레이트가 완성되었으니
하나씩 맛보고 뱉은 재료는
과감하게 버려주세요

이물감이 느껴졌다면
잘못 공수해온 셰프의 책임입니다

먼저 맛보도록 해요

사람은 어쩔 수 없는 자음 하나를 두고
유의어가 되고 싶은 언어의 재료가 있을 겁니다

나에게서 공수해 올 수 있다는 걸

결코 모르지 마세요

부디 우리 괴식이 되지 말아요

아빠가 어떤 사람을 만나고 있는지 물었다

강아지가 아무리 귀여워도
손등으로 먼저 냄새를 맡게 해주는 사람

정보 과잉 시대 속
필요한 구석은 남겨두는 사람

내 끼니를 챙기는 게
중요한 일과라는 사람

잠드는 것조차 버거운 날이라는 걸
나보다 먼저 알아봐 주는 사람

'사' 와 '랑' 이외에
발음할 수 있는 음절도 뭉쳐보는 사람

본인은 웃는 게 어색하다면서
활짝 웃고 있는 사람

전화 끊는 아웃트로마저
고백인 사람

아빠가 비스듬히 보이는 사람

허밍

비난과 비판의 경계는
취급의 문제인가요 치사량 문제인가요

나에게 들리는 말을
허밍으로 불러보세요

버젓이 노래가 된다면
그건 남 탓하지 않기로 해요

버젓이 체온이 내려가면
그건 반환하기로 해요

많은 발단과 전개는 개인이 품고
정할 수 있는 플롯은 얼마든지 있습니다

이제 사랑은 자작극인가요
논픽션인가요

시절 반성문

너를 웃게 해주는 사람이
가장 필요한 사람이라고 믿은
순진한 시절이었지

그땐 왜 알지 못했을까

비대한 각막으로 둔갑한 눈물을
터뜨려 주는 사람이
너는 가장 필요했다는 걸

그런 너를 곁눈질하고도 다래끼가 났어

얼마나 충혈된 슬픔이었던 거야

이렇게 물어보지 못 한 채로
너의 슬픔에 동요되기만 했던 사람의 흩어진 눈알을
쓸어 담아줘

이제는 응시할게

연민이 아닌 복종으로

투명

왜 어른이 될수록 비늘이 보이는 걸까

투명한 색을 아무리 덧칠해 놔도
비를 조금만 맞으면
드러나는 날카로운 비늘

하찮은 명분으로 하찮은 사람을 만드는 비늘의 보편화

투명해도 안전한 사람이 되고 싶은 꿈

입김을 불어도 피가 나는 타인이 없는 꿈

앞으로는 순기능을 꿈이라고 부르자

학설

빈틈없이 안아줘야
숨구멍이 트입니다

휴대폰을 내려놓고
상대의 입술 모양을 외우면
로그인이 됩니다

강아지와 아이 컨택을 하면
모양체근이 튼튼해집니다

포옹을 하면
결점이 분실됩니다

누군가와 함께 울어본 횟수만큼
다가올 치욕의 횟수가 줄어듭니다

생명의 존엄성을 인지한다면
사랑은 불발되지 않습니다

진심은 겉면을 도려내도 겉면입니다

숨구멍 발명대회

숨을 쉬고 있으면 다 숨 쉬는 거였나

보고 있으면 다 보이는 거였나

너무 잡다한 고집으로
용량을 초과하진 말아야겠다는 혼잣말

숨통이 트이기 위해
빈곤함이 필요하다는 종말의 헤드라인

앞으로 어디서부터 어디까지 더 빈곤해야
도둑이 들지 않는 여백의 땅이 생길까

사람이 호흡할 공간이 모자라
사람이 호흡할 방법이 모자라

급한 대로 물고기만큼 몸집을 접고 들어가
수족관 천장에 구멍을 내어
옆 사람과 숨을 쉬었다

사람인지도 모르는 호흡으로

부레가 생긴 사람의 표정으로

거즈

나는 솔직히 너의 분량이 두려웠어

조금은 조심스럽지 못한 판단

존중 없는 존중

그리고 털이 엉킨 어투

어쩌면 나에게 더 많았던 결함들

너를 떠올릴 때 사랑이 잔존하는지
확인하는 게 겁이 나는 걸 보면
이미 진심인 것 같아

너와 멀어진 틈새를 거즈로 닦아내고

치유를 믿으면

우리는 뭉근하게 친구가 될 거야

드림 하우스

나의 사춘기는 가난을 불행이라고 명명했지만
비좁은 집에서 큰 사랑을 습득했고

평수가 넓어지면
분실물이 많아질 것 같은 느낌이 들기도 했다

약속의 몽타주

약속을 무너뜨리는 설계도를 가지고 있듯이
오늘은 무슨 약속을 어기러 가나요

차라리 내 등이 두툼해져서
당신이 내려오고 싶지 않으면 좋겠어요

어떤 것도 어기러 가지 않도록
발이 닿지 않으면 좋겠어요

당신을 위해 약속의 몽타주를 찾아요

눅눅한 옷을 벗고 환복하는 마음

구름에 머리를 말려본 마음

비가 그칠 때까지 어깨를 적셔본 마음

모든 길을 도보로 순응하여 유성을 발견한 마음

우리가 약속을 지킨다면
변색 없는 기쁨의 링이
새끼손가락에 걸려있을 거예요

심볼

집에 돌아가는 길

퇴근을 할 땐
심볼이 없는 얼굴을 하고
쌍둥이가 되는 사람들

여럿이지만 혼자인 걸 안다는 듯이
보호색을 띠고 기계적인 휴식을 허공에 태운다

머리 따라 증량되는 고독은 불가항력

각자의 양볼이 심볼이었던 때가 있었다는데
어릴 적 비스듬히 보았던 빛깔이 찬란했다는데

과거에는 뛰어놀았대
순애로 덮인 동네에서

낮잠을 잤었대 마당에서도

소문에서 그친 광선은 저물어가고
블루 라이트는 떠오른다

98765432 1

축 늘어진 초침이 숫자보다 목구멍을 찌른다

정적이 감도는 만큼 예측할 수 있는 시간

어쩔 수 없게 희미해질 것처럼

어떠한 표명도 노력하지 않는 표정으로

과하지 않아?
당겨야 열어지는 문 앞에서

우리의 초침은 역순으로

그래 끝내는 종결의 눈 맞춤

나는 발자국을 본 적 없는 사람
너는 서성거린 적도 없던 건데

모르겠다고 할 때마다
눈에 레몬즙이 튀었다

아이(I)의 업적

앉아서 자유를 느껴본 건 오랜만이야
몇 년 만에 놀이터에서 타본 그네였지

다른 이름은 타임 루프였던가
넋 놓고 행복했던 9살에 다녀왔어

기쁜 만큼 혓바닥이 길었던 아이

작은 토끼 인형 귀걸이가
어떤 귀금속보다 더 좋았던 아이

어른들에게 순수한 갑옷을 만들어주던 아이

찾아낸 섬유가 모두 사랑이었던 아이

누군가에게 무엇 하나 변조하지 않고도
양볼을 고양이처럼 비빌 수 있었던 용기는
아이의 업적이었어

맞아 나는 아이였어

3부

사랑하지 못해서 뱉어낸
한숨은 인공호흡이 되었고

엄마와 꼬리잡기는 늘 지는 게임

엄마는 보통의 날에도
최소 로또 2등에 당첨된 사람의 입꼬리와 눈으로
나를 응시한다

무조건적인 사랑은 없다고 했나
다 큰 나는 아직도 엄마에게 판타지다

엄마는 나를 매번 신비롭게 여기며
귀한 체험을 하고 있는 것처럼 나를 사랑한다

이런 사랑을 내가 어떻게 갚을까 엄마
열심히 따라간다고 따라가 보는데
나는 나조차 사랑하지 못하는 날들이 더 많아

혹시 미안한 마음도 사랑의 일종이라면
나는 엄마의 꼬리가 보이기 시작하겠다 그치

재생 목록

떨어진 우유갑이 연필꽂이가 되듯이

구멍 난 티셔츠가 코스터가 되듯이

원두 찌꺼기를 응집하면 방향제가 되듯이

너의 포옹이 맨몸의 슬픔에게 담요가 되듯이

연약한 모든 것에
일부러 사랑을 주사注射 하면
재생이 시작된다

러브 스탠스

스크린도어가 별 이유 없이 다시 열렸던 것처럼

인사하고 뒤돌아 볼 때
아직 입을 다물지 못하고 있는 사람처럼

프림의 양이 정량보다 많게 내려진
자판기 커피처럼

다짐보다 더 비대한 다짐같이

오므라지지 않는 마음은 순전히 사랑이라고

영원의 부품

할아버지가 떠난 내 열아홉에
콘센트가 사라졌어요

덩그러니 남은 충전기는
아직도 전전긍긍 용도를 헤매요

할아버지는 왜 더운 날에도
장어 된장국을 끓여주셨나요

땅끝마을에 사는 할아버지는
어떻게 저의 도심을 지탱해 주셨나요

지금 제 도심은 많이 흔들리고 있어요

할아버지가 떠난 내 열아홉부터
지금껏 가속도가 붙은 그리움은
이제 어디에 꽂으면 되나요

자국

사람들의 피는 맹물이 되어가고
더 이상 헌혈은 어렵다는 소문이 돌아

어릴 때 즐겨 했던 모험 게임은 목숨이 3개였는데
지금 여기는 목숨 하나로 살아남아야 하는 세상이야

너는 아직도 죽어있는 기분일까

네가 말했지
저체온증인 사람 옆에는 선량한 고양이도 다가오지
않는다고

있잖아 휴지 한 장에도 손을 얹고 있으면 자국이 나

너에게 얹고 있는 손이 있다고
여기에 자국이 나면 좋겠다

낙원으로 끌려가기

우는 얼굴을 젖은 수건으로 닦기

귀가 입인 마음들

스피커에서 흘러내리는 녹슨 물

하수구에 버려진 쪽지

치아와 치아 사이에 끼어있는 녹진한 슬픔

내가 부리는 유약한 괴력들

이제 그만 수레카에 실어
우리는 끌려가는 게 필요해

그 앞엔 자신을 붕괴시켜
낙원의 기틀을 굳힌
진실된 사랑이 있어

사랑받는 기분

빨래가 말라도 건조하지 않은 기분

져본 만큼 휴식한 기분

피를 공급받는 기분

경음이 평음 되는 기분

분량 없이도 주역이 된 기분

이름에 털이 생긴 기분

새벽에 웃어본 기분

헬륨 풍선이 된 기분

비강이 확장된 기분

치유를 믿는 기분

아마 소모한 만큼 당첨된 기분

범주화할 수 없는 사람

네가 웃는 모습에는 무해한 집념이 느껴져
나를 평안에 다다르게 하겠다는 마음과
아직도 더 사랑할 게 많다는 나의 하위 장르

나는 나를 사랑하면서 많은 위험성을 감지했고
너도 아예 모르는 게 아닐 텐데

너는 두려움이 실효된 사람처럼
눈에 섬광이 있다

가장 사랑을 잘 하는 사람

가장 기이한 사람

가장 담력 있는 플라시보

꿈의 재부팅

지금 악몽을 꾸고 있는 사람의 표정

눈을 한쪽만 뜨는 경련이 일어나며
괴로운 복화술을 하고 있다

사람은 왜 꿈속에서도
두려움의 촉감놀이를 하는지

내가 저 사람을 흔들어 깨우고 싶다

깨워서 안아주고 싶다

너무 못된 꿈을 뒤엎고 싶을 때쯤 알게 된 걸까

당신의 존엄성에
나의 존엄성에

악몽을 뒤엎는 괴력이 있다는 걸

그러니까 희생 없는 부적은 때도 돼
너의 몸에서 가장 먼저 탈주할 거야

이제는 꿈의 재부팅을 서슴지 말자고 피력할 수 있겠어

모르는 입력값

우리는 대체로 입력값을 모른 채 사랑을 한다

얼마큼 받을지가 아닌
얼마큼 줄 건지에 관한 입력값

언제까지 모른 채로 유지할 수 있을까 싶다가도

나보다 훨씬 커다란 너의 등을 쓰다듬을수록
내 손이 커지는 착시현상이 일어나면

모든 면적을 포근하게 감싸주고 싶은
계산 안 되는 마음이 흥건해져서

아직도 남아 있는 동작이 수두룩하다

아마 영영 사랑해야겠지

입력값을 몰라서 심장이 포개어진 것처럼

조각 케이크

평화로운 낮

친구들이 모여 각자의 커피와 나눠 먹을
조각 케이크 하나를 주문했다

달고 폭신한 섬 같은 조각 케이크로 점철하는
여러 개의 포크는
입안에 들어가기 전까지 허공에서
가장 단 맛을 보았듯이

반복해서 고개를 파묻었고
나는 그런 포크가 근사해 보였다

케이크같이 의혹 없는 단 섬을 찾아
고개를 파묻을 수 있다는 것이
믿음 같아서

포크는 반짝거린다

이제껏 우리가 파묻었던 고개마다
허공에서 비린 맛을 보았다 해도

케이크는

있다

청춘의 함유량

시간 속 처음과 끝의 마찰로 발생한 열 만큼이
청춘일 거라고

흔적의 함유량은 가장 미미할 거라고 짐작했다

나는 언제까지 청춘의 형태를 띨 수 있을까
우린 어디에서 청춘을 가늠할까

마지막 통증처럼 아픈 성장통을 말하는 걸까

사람과 사람 간에 포말이 가장 활발할 때를 가리키는 걸까

청바지, 불꽃놀이, 액세서리, 시그니처 커피
상징하는 바의 청춘도 많은데

모든 게 아스러지고도 사랑할 게 더 남아있다는
순금이 된 노인에게

도금은 다 벗겨진 청춘이 보이기 시작했다

지금은 사랑의 구미를 당길 때

나의 게으름을 상쇄할 구미는 존재하나요

뇌가 늘어나도록 도피의 회로만 가동해서
새로운 역기능이 추가될까 걱정이에요

허기를 채워도 허기가 있는 건
도망가도 똑같을 텐데

이왕이면 발버둥이라도 쳐봐요
호기심이라도 묵살된 양팔의 이름을 불러보아요

저항 없는 포옹은 처음이잖아요

저항 없는 이해는 처음이잖아요

저항 없는 결단은 처음이잖아요

지구가 1.36밀리초(ms) 더 빠르게 자전했대요
하루가 24시간보다 더 짧아지는 세상 속에서
우리의 대안은

2004

이때부터 알게 된 걸까

사랑을 주고받는 사이는
발바닥을 맞대고 꼼지락거린다는 것을

어떠한 타협도 없이

기꺼이 나의 모든 능동을 허용하겠다는 장면 코드처럼

고모의 별칭을 알고 나서
이 숫자를 가장 많이 눌러보았다

천사의 일손

난간에 기대어 별을 세보는 사람

다 셀 수 없어서 잠드는 것처럼 사랑할 수 있을까

잔존하는 사랑은 어디까지 펼쳐져 있을까

꿈에서도 앓아본 고민은 사랑의 스펙트럼이야

무한한 마음이 위태로운지
유한한 마음이 더 위태로운지

힌트를 얻으려 다시 꿈을 꾸자

매일 거르지 않고
돋보기로 사람을 모아
사랑의 불을 지피는 천사들에게 문안하는 꿈

위태로운 날갯짓도 추락하지 않았다는 꿈

4부

드문 날짜

젤라또 제철

덥지도 않은데 입에서 녹는 계절

두 뺨엔 단풍이 들며 하릴없이 사랑이라고
젤라또의 점성은 여름보다 끈끈해진다

토핑이 필요 없는 가을 하늘을 바라보며
이 마음의 층고는 어디까지 높아질지

선잠

발끝이 시려서 꿈을 꿨던 사람

꿈이었다고 하기엔 옆자리가 따듯해서
나를 더 혼란스럽게 해

너와 내가 사랑한 것도 이상 현상이었을까

구분이 안 될 정도로 그리운 건
선잠을 잤기 때문일 거야

수면의 경계에서도 발현되는 너의 자취는 황홀해서
깨고 나면 눈물의 맥박 소리가 들렸고

그림자에 기대어도 떨어지지 않는 고개가 있었고

발렌타인 메타포

초콜릿은 상심마저 부드러워서
언제든 융해할 수 있대

우린 그게 부러웠던 거야

두려운 만큼 커져버린 사람의 알갱이는
기스만 내고 흩어졌으니까

우린 염원했던 거야

초콜릿만큼 달큰한 세포를 가져보고 싶다고

우린 몰랐던 거야

초콜릿처럼 나를 내미는 방법을

우린 슬픈 거야

초콜릿보다 비정한 마음이

넌센스 이별

우리는 서로의 객체를 자처한 만큼
극심한 온도차를 겪는 거야

철저하게 눈사람이 되는 일

온기 하나 없이 녹을 일만 남았어

이건 너무 터무니없이 슬픈데
실제 상황이야

이건 너무 잔혹한데
표명할 방법이 없어

그러니까 말이야

서로를 빼낼 수 없어서
각자를 얼리기로 했대

겨울이 지나가면
형체를 모르게 녹아내리기 위해

민달팽이는 장마를 선호했고

어떤 슬픔이 그렇게 당찬 눈물의 기세가 된 건지
알 수 없는 장마였어

나는 양말이 젖는 일에 투정을 부리며 돌아오는데

껍데기 하나 없이
축축하게 향유하는 민달팽이가 말을 해

장마를 견딘 만큼 겨울이 포근할 거라고

나는 장마를 견뎌낼 사람인지
포기할 사람인지

눈물로 내가 역류해도
너의 장마를 맨몸으로 맞을 사람인지

블루 아워 리뷰

일몰에 동전을 던지면 앞면이 나올지 뒷면이 나올지
맞힐 수 없어서 괜찮다고

너는 이별을 담소처럼 말했지

곧 다가올 시간은 현실과 상상의 경계 같다고
오묘하게 슬프고 이상하게 기뻐서

너는 기다린다고 말한 걸까

블루 아워는 이별을 가장 아름답게 추론했고
이젠 암전인지도 모르고 춤을 춰

낯설어도 괜찮아

우리 그림자가 부드러워

크리스마스 로맨스 (pm 8:39)

메리 크리스마스,

매년 되풀이하는 이 발음이 지금도 설레는 사람

꼭 영영 사랑하겠다고 찾아온 인사말 같아

나는 12월 25일의 인사말이
늘 메리 크리스마스면 좋겠어

그 인사말과 함께 우리가 베개솜처럼 뭉쳐 포옹을 하고
창밖을 바라볼 때 도둑눈과 인사하는 거야

메리 크리스마스!

과열된 이별을 훔쳐가 줘서 고마워

라이터 꽃말

초자아에 라이터를 켜서 햇살이 되기로 선택한 일

반사해야 하는 바다는 너무 넓어

투정도 괜찮아
우리가 물비늘을 봤잖아

물결이 일렁이고 있어
이건 항해하고 있다는 암시 같아

매년 생일파티에 기념하자

케이크 위에 늘어난 초만큼 사랑은 켜졌고
우리의 축복은 확언이야

나의 친절 어댑터

너에 대해 어떠한 것도 구체화되지 않았을 때
내가 유추할 수 있던 건

너는 허투루 주는 마음이 없는 사람

너에 대한 호기심은 뻗어나갔고
뻗어나간 만큼 나의 친절 어댑터는
전압을 변환시켰어

너도 그 순간을 눈치챘을까

친절의 그물망은 찢어지고

우리가 친밀해진 순간

사랑의 퍼포머

화분 밑에 편지를 두었다고

얼굴이 불그스럼한 사람아
숨어서 쓴 편지는 잔흔이 더 많아

얼마나 지켜오고 싶었는지
온 마음을 구부려 넣었잖아

나는 너를 알아주는 사람

그 편지의 뒷면에서
쏟아지는 별이 관측되었고

오역된 마음은 없었다

Cream Sound

처음 보는 LP 바에 들어가
얼어있던 고막의 혀를 내민다

녹고 싶어
물보다 밀도가 낮은 사람들이 둥둥 떠다니는
이 섬에서

녹지 않는 얼음으로 살아가는 일에
대항하고 싶은 사람은
튀는 사람일까

찾던 사람일까

다이빙해도 간파되는 꼭짓점 하나 없이
떠오르는 슬픔을 젖히고 싶어

녹슨 운세에서 귀를 떼고
달큰한 파장을 위해

하나
둘
셋

리타르단도

상처를 받고 일정 시간이 지나면
성대에 보풀이 생긴다

떼어내기가 어려워
자꾸 마실 걸 찾는다

그렇게라도 적셔지면
잠시 동안 말하기가 수월해지기에

그래 너랑 대화하고 싶어서

나는 노력 중이야

상처를 받은 쪽이
말하기가 느려지는 건
뭐 때문인지 모르겠지만

온기가 섞인 캔커피를 마시고
보풀의 점성이 낮아질 거라는 예감이 들었다

팝핑 캔디

기록되지 않아서 목 놓아 흐트러진 밤이야

어딘가엔 명징한 이별도 있다고 들었다면
그토록 지저분하게 끌어안지 않았을 텐데

너의 뒷목에 남은 찐득한 내 지문은
마지막 부호

이제 너는 나 하나로만 슬퍼할 수 있겠니

모든 낭독의 중추는 내가 될 수 있겠니

입에 담으면 따가운 통증으로 터지길 바라

이별의 효율을 위해

이별의 효율을 위해

마지막 사태는 파쇄다

이별 보안

그날은 별 이유가 없었어

잠깐 책상에 엎드려 낮잠을 자려고 했는데

쏟아지는 햇빛이 이별의 면사포를 벗기고
그리움을 건드린 거야

잠시만 바라보고 닫아놓으려 했던 앨범을 꺼내는 순간
너는 속절없이 쏟아져 내렸다

어쩔 수 없는 거지

헐겁게 닫아놓은 내 탓이지

추억의 펜스를 가뿐히 넘어온 너는
오늘 더 영글어진 현실이 되었고

탑노트

남을 위한 향기는 탑노트에서만 그치길 바라
마진이 남지 않는 내 향기가 아까워

미들 노트부터 쓰린 향의 트레일이 될 텐데

네가 나의 미로에 갇혔다고 말하면
그건 우리에게 희석일까

죄다 낭비해 버리는 운수일까

비평은 운세가 되어가
운세는 비평이 되어가

뒤집을 수 있는 마지막 기회야
간파할 수 있는 마지막 아픔이야

여기에서 잔향을 결속하자

무너져도 계단이 자라나는 곳에서

철거

사랑에는 사랑이 철거되지 않아요

감정 따라 간판이 바뀐다면
이곳은 어디인가요

나의 첫 남학생에게

골무를 끼고 재봉틀을 처음 다뤄본 날에
좋아하는 사람을 떠올리지 말아야겠다고 배웠다

커튼이 흩날리며 네가 보였던 건
저주였을까

손끝에 맺힌 핏방울이
아릿하고 기분이 좋았던 건
시절의 특권처럼

나는 학창 시절로 돌아갈 수 없고

그땐 만우절에도 진심이었어

5부

날개 아래로 피하기

잠의 토큰

모든 눈치는 낮이 보았고
모든 감내는 밤이 해내느라

잠의 토큰이 필요한 거야

눈을 감아도 달은 떠 있는 것처럼
오늘을 감아봐도 잠은 위에 떠 있어

유랑하는 밤을 위해 토큰을 찾아보자

히노끼향의 스프레이
밀도 있는 베개
별 가루 묻은 백색소음

그래 수면모드

에둘러 말한 너의 품속

프렌치 얼그레이

얇은 자켓을 걸치고 외출하는 길
차갑고 그윽한 향이 도보를 재촉한다

여름을 우려낸 만큼 달래주겠다고
이토록 이타적인 계절이 있을까

환절 중에도 트릴을 섞어
박자를 잃지 않고
나를 기억해 주잖아

재능의 계절

모든 공간감이 낭만 같아

이젠 구체적인 위로 없이도 고개를 향할게

마음의 정전기가 일어난 방향으로

whip pen

나의 장면 전환이
이렇게 급속도일 줄이야

가을에서 여름으로 옮겨진 일

상했던 마음에 기한이 사라진 일

책장을 넘겼는데 향초가 켜진 일

다시 사랑스러워지기 시작한 일

그렇게

다시 소란스러워지기 시작한 일

초점이 번져 본점이 되어버린 일

미지의 숲

본래부터 숲에 살았던 사람처럼
너는 지형을 꿰뚫고 광물을 캐내서 나에게 쥐여준다

왜 흔한 일처럼 웃냐고
나는 재차 물었지

그게 흔한 일은 아니잖아
나는 길치에 불과한데

그래서 무서워
끝내 너에게 쥐여줄 수 있는 게 없을까 봐

너는 재차 웃었지

숲을 방랑하는 내 발밑마다 광물의 모서리가 보였다고

여긴 내딛는 점마다 도달하는 사랑의 경지라고

for mellow

생년월일
: 순리의 속성은 사랑

모든 이의 당위적 사유

사포를 덮고 뒤척이는 밤을 종결하기 위해

포기하지 않을 일출을 위해

숭고한 친구를 위해

나에게 추를 걸어두는 일

어느 정도의 결단이 아니야
아무것도 끝내 번복되지 않도록

섬모가 자라난 내 마음을 운동시켜
너의 세포를 지킬게

톱니

시간이 흐를수록 돌기가 없어지는 관계를
자연스럽다고 말하거나

누가 돌기를 갉아먹었어 하고
도둑을 찾는 사람들

적잖게 놀라며
거울에서 수배범을 찾는 일

옳은 방향으로 맞물리면
이탈되는 치아 없이
발음이 새지 않는 교감을 할 텐데

자유로운

자유로운

모두에게 진행되는 비가역적 시간 속에서

시시한 호명

매일 낮 2시 30분 ~ 3시 사이

점심을 먹고 글 작업을 하기 전 하나의 루틴처럼
동네에 있는 테이크 아웃 전문 카페에 들러
커피를 사 오는데

그 사이엔 다양한 호명이 발생한다

서툴게 뛰어가는 아이의 이름을 다정하게 부르는 엄마

먼저 앞장서 가는 친구를 뒤쫓으며
개구지게 이름을 부르는 남학생

모르는 사람에게 반갑다며 따라가는
강아지의 이름을 못 말리게 부르는 주인

나는 이런 시시한 호명을 들으며 행복을 느낀다

상대방의 이름을 꺼내기 위해
성대를 진동시키는 경이로운 행위여서

이름은 불러줄수록 닳지 않는 원리가 된다

조금 거창한 소망이 있다면
나의 시가 당신을 호명하는 성대가 되어보는 것

누아르 탈피

어스름한 새벽 눅눅한 비스킷을 집어먹는다

불과 몇 시간 전에 사 온 비스킷인데
너는 이미 적셔질 마음이었던 거지

조금 낯선 눈빛으로 이야기를 매듭지으면
다시 건조해질 줄 알았는데

죄다 착각인 것처럼 결국 또 내 다짐은 느슨해져
알잖아 여분의 의자는 가벼워

여기서 명암 대비가 멈춰야 할 것 같아

이제 불을 켜

붕대

영영 아이들로 살아갈 줄 알았던 아이들에게
문지르는 손가락보다
분지르는 손가락이 본보기였고

붕대가 없던 성장에 날개는 허구였다

어른이 희귀해서 어른이 되지 못하는 악순환에는
가짜 기름만 돌고 피는 돌지 않는다

쇠잔하고 예쁜 날개의 디플레이션
사라지고 있다는 이유로 떨어지는 값어치

어른을 분별해

어른을 마련해

붕대를 풀면 남은 어른이 보이도록

결혼

귓속말의 유일한 관계자가 되는 일

돌연한 소나기에 함께 발을 적시는 일

심장의 사본을 가지게 되는 일

분절해 봐도 분산되지 않는 관계를 약속하며
영겁을 함께 나눠 먹는 일

그렇게 나랑 미각이 죽지 않는 결혼을 해줄래

그린 버블

새벽을 마중 나온 악몽도 악몽을 꾼다

잃을 게 없어서 두려움이 없는 게 아니라
지킬 게 없어서 두려움이 있다고

그래서 싣는 하중으로 우릴 괴롭혔구나

부피가 클수록 짓누르는 통증이 심할 것 같아서
우리가 거품으로 살면 안전할까

매일을 실험했는데

형태를 터뜨려도 현상되는 그린 버블은 부풀어 올랐고

두려움이 상실된 천사의 향초는
물속에서 켜졌다

후시녹음

내가 무르게 발음하면 덧입히기 쉬운
다른 언어가 탄생하고

언어를 모르는 사람이 되어가는 건 시간의 문제다

탄식하는 장면은 편집되기로 약속했다며

울어도 돼

울어도 돼

식은 음식보다 감흥 없는 눈물 보기

그런 무정한 관찰자를 보는
눈물의 동공은 공허했고

더 이상 울 필요가 없겠다는 생각으로
언어를 연구했다

활자는 구원의 기회이자 영혼을 위한 편지

시는 세포가 녹음한 마음들

집필한다

차츰차츰 죽어가지 않고

차츰차츰 살아나는 언어로

솜털

먼저 잠든 사람의 얼굴을 골똘히 볼 수 있는
사랑의 특권

살짝 열어놓은 창문 때문일까

작게 읊조린 내 혼잣말 때문일까

미풍에 응답하듯이
너의 볼 위에 솜털이
내 손에 폭삭 기댄다

자면서도 나를 단열시키는 사람

솜털에서 봄이 피어난다

쿠앤크

흰 종이 위 검은 글자가
무정한 마음에도 콕콕 박힌다면
나는 작가가 되고 싶어

혈당만 오르는 단맛은 덜어내고
심지가 되는 단맛으로

롤링 현상에 걸리는 마음은 없도록
우울에 구멍을 내고 싶어

여백을 베어 물어도 헛헛하지 않게

나는 손가락을 놓지 않는 사람이 될래

벽지

한 겹 한 겹 벗겨내는 손길에 가속도가 붙으면
속마음의 구멍이 보인다

벽지는 정성스럽게 도포해 놓은 껍질

머물러도 될 거처에는 가벽이 없다

진실되게

진실되게

두드려 보면 알 거야

텅 빈 소리인지

맥박 소리인지

식별 패스워드

악은 아무리 많은 수가 모여도 홀수다

공동의 마음이 불가능해
짝수를 파괴시킨다

순수는 면역이고

순진은 재가 되기 때문에

홀수의 연대기에는 눈꺼풀을 내밀지 않기로 했다

과자집

어릴 적 우리 집 구석구석에서는
과자 냄새가 났다

흘렸던 과자 부스러기만큼만 슬퍼본 나는
과자로 만든 집에서 살고 싶다고 했다

시간이 흐를수록 과자 냄새는 줄어들었고
과자 부스러기처럼 으깨지는 것이
어른의 절차임을 알아가며

내 안에 남아 있는 아이는 집을 빼앗긴 듯
과자집을 종종 그리워한다

그때만 쥐어볼 수 있었던 순순한 냄새

가장 조촐하지 않았던 냄새

집 냄새가 멀어진다

매일 이사하는 것처럼

본색

무기력은 가장 부지런한 휘장이었고

편안함은 그 휘장을 찢는 칼이었다

틀린 그림 분별하기

규격을 몰라도 태워버리면 그만이라고 하는 사람들
무책임한 마음의 규격을 좁히고 싶다

연기는 상승하고 미완으로 사라지는데

연기가 또 다른 연기를 낳을 거라는 암시는 쉬웠다

아 겉모습만 달랐지

매번 수법은 비슷해

속일 수 있다고 생각하겠지

유해한 가담은 측면에서 티가 나
눈을 감고 있어도 연기는 보여

끌어안아도 연기는 새어나가

결국 달아날 마음이라면
나는 촛불을 불지 않을래

딥 클린

마음을 닦아내고 싶은 날엔
박하사탕을 먹었다

그렇게라도 개운하면 샤워를 한 걸까

인식하기 어려운 불순물이 고였는데
애만 타는 거지

아직 너를 들여보내기엔 덜 된 마음이야

아직 너를 불러보기엔 설익은 입술이야

상처를 예견하고 거품이 나지 않는 마음을
움켜잡아도 되는 건지

깨끗한 두려움으로 우릴 시험해 보자

일기 예보

가랑비에서 폭우가 되기 전
달려와준 사람은 나의 우산이다

흘러내려오는 미래를 과거형으로 인식하는 건

사랑은 누군가를 위한 선견지명
쉼표에서도 이미 착지된 마음

그 사람의 젖은 머리가 다 마르기도 전에
고백의 무늬를 발견했다

지구 아포리즘

인구는 통증의 양상처럼
뭉친 입술로 소통이 힘겨워지며
사랑은 늘 초면이다

그러면서 우리는 왜
고립할수록 피가 냉각되는지
서로에게 방출해야 숨을 쉴 수 있는지

천국의 조각으로 만든 지구에서
혈류의 원리는 하나였기 때문이야

발견한 이들은
죽은 피를 빼고 산소를 공급받기 위해
부항을 찾아 나섰고

구멍 난 손바닥을 보았다

그 손바닥은 어떤 아픔도 흡착시킬 수 있어서
우리는 사랑에 동조하기로 했다

[구정물은 사랑의 흔적 피아노 음감회]

응축해 보면 음악이 되는 마음이 있어요

듣다 보면 떠오르는 시가 있기를 바라고

듣다 보면 떠오르는 사람이 있기를 바랄게요

『구정물은 사랑하는 마음』 뉴에이지 피아노 연주곡 ver.

*QR코드를 통해 박예주 시인이 직접 작곡한 음악을 감상하실 수 있습니다.

시, 여미다078

구정물은 사랑의 흔적

초판 1쇄 인쇄	2026년 3월 12일
초판 1쇄 발행	2026년 3월 25일
지은이	박예주
펴낸이	이장우
책임편집	송세아
마케팅	정성윤
제작/관리	안소라 김소은 김한다
인쇄	KUMBI PNP
배본	고려출판물류
펴낸곳	도서출판 꿈공장플러스
출판등록	제 406-2017-000160호
주소	서울시 성북구 보국문로 16가길 43-20 꿈공장 1층
이메일	ceo@dreambooks.kr
홈페이지	www.dreambooks.kr
인스타그램	@dreambooks.ceo
전화번호	02-6012-2734
팩스	031-624-4527

일부 맞춤법 및 띄어쓰기의 변형은 저자 고유의 글맛을 살리기 위함입니다.

ISBN	979-11-24181-10-2
정가	13,500원